민달팽이

시와함께(Along with Poetry) 시인선 027

민달팽이

임지현 시집

시와함께 넓은마루

| 시인의 말 |

긴 겨울 이겨낸 나무들이
하루가 다르게
새잎을 꺼낸다.

연둣빛 세상
아지랑이가 계곡마다
진을 치고
커 가는 잎사귀 사이로
달도 별도 촘촘히 박힌다.

날마다 꺼내는 푸른 세상
햇살과 바람의 입술로
제10집을 묶어낸다.

2023년 5월
임 지 현

| 차례 |

제2부 겨울과 봄 사이

제3부 어디에서 떠도는가

제4부 말 걸어오는 빛

제5부 시간을 고치다

제6부 마음속 해일

제1부

그는 누구신가

맨발로 선 나무

눈발을 맞이하네.
날 세운 칼바람 동행하여
모진 추위 받아내네.

옹골차게 버릴 것 버리고
맨발로 앙상히 버티지만
봄날은 멀고.

눈발로 피륙을 짜도
이 엄동 감싸주는
옷 한 벌 나올 것 같지 않은데,

잔가지 하나에까지
파고드는 얼음 세포
군소리 없이 껴안고 섰네.

눈을 부릅뜨고

몸에 갇힌 마음,
너저분하게 탐욕스러운
어리석음에 갇히지 말자.
아득한 저 피안의 세계로 가 닿을
해안의 문을 두드리자.
소중한 목숨 힘들 때마다
뜻 하는 바 못 이룰 것 없는 마음으로
정신의 때를 씻고 여유를 갖자.
사람들은 천년을 살 듯 법석대지만
저 앞이 길 끝이다.

시골장터

북적이는 오일장이
등허리를 펴게 할까.
순하게 착한 젊은 날에는
비단옷 장만할 기회 더러 왔지만
그 때를 놓친 회한이
옷장수 장단에 춤춘다.
가물거리는 날들의 기억은
구겨진 추임새로 구르고 굴러서
겨우 옮긴 짐 보따리 무게가
척추 뼈 마디마디에 실린다.

그믐달

어둠을 벗겨
속속들이 비추고 싶다.
나의 환함으로
너를 밝히고 싶다.
가장 낮게 내려앉아
네 마음 몇 개인지 분별하고 싶다.
잔잔하게 이어질 진실함
가르쳐주고 싶다.
비바람 불어 젖고 젖어도
너를 꼭
뜨겁게 사랑하고 싶다.

장면 하나

청담색 하늘에 철새들 날고
주먹나무 주먹 잎 볼수록 유정하다.
일엽송 가지마다 번지는 금빛에
자꾸 눈이 가는데
담벼락 옆 감나무에 달린
주먹만 한 홍시 쳐다보는 청솔모
주둥이 오물거리다
재빠르게 나무 기둥 타고 오른다.

홍시 하나가 제풀에 떨어진다.

민달팽이

이슬 몇 방울로 버티는 삶
온몸 던져
힘겹게 기어갑니다.
가는 길 멀어도
사는 데까지 살아보자고
소망의 집 한 채 짊어지고
세상 밑바닥을 깁니다.

절뚝이는 하루

오늘 하루 갈 길을 어깨에 메고 나섰다.
먼지와 어둠이 너덜거리는
노동의 끝은 어디일까.
지겨운 권태의 쓰레기들을 어떻게 다 쓸어 모을까.
활로가 잘 보이지 않는다.
퍼런 곰팡이들이 우글거리는 작업장에서
다리를 절뚝이며 비질하는
청소부는 잠시도 쉴 틈이 없다.
속만 꺼내 먹고 내버린 깡통에
헛발질하다 낭비한 시간이 굴러다닌다.
곤죽이 되어가는 청소부 몸살을 아는지
4월과 5월 사이 꽃 피는
나무들의 푸른 호흡으로
하늘은 비를 내려 메마른 대지를 적실 것 같다.
해는 길어지고 밤은 짧아지면서....

관절

사는 건지 죽어가는 건지
성한 곳 하나 없이 부실해진 몸,
젊을 때는
젊음이 좋은 줄 모르고
뒤돌아볼 겨를 없이
숨찬 나날이었지.

이제
삭신만 처져
주변의 짐이 되지 말자고
틈날 때마다 다짐한다.

내 일을 내가 감당해내는
당찬 정신 가다듬어
새벽운동 나서지만
관절 마디마디에 무게가 실린다.

그는 누구신가

발돋움하는 해를 데리고 와
어둠의 밑바닥 쓸고 있는 이
누구시기에
아침 안개로
온 천지 덮어버리는가.

아직 눈뜨지 않은 땅속 어디
고요로움 앞에
뽀얀 입김 뿜어내
가슴 뻐근하게
새날을 열어가는 이 누구인가.

고도의 키를 잡고
우주 행성이 있는 곳
틈이 보이지 않는 속도로
모르는 척
그믐밤을 불러내는 이 누구신가.

어디선가
낮닭 울음소리
도시 한가운데 소음과 섞여 들리고
쟁기질하는 시골 풍경
떠올리게 하는 이 누구신가.

소 고삐 나무말뚝에 매놓고
머슴이 새참 먹는 시간
두엄 지고 논두렁에 들어가
논매게 하는 이 누구신가.

유년의 논고랑을 거슬러 올라가면
아득한 밭고랑 타고 먼 하늘 저쪽
목화밭에서 목화 열매 따 먹던
코흘리개 아이가 밭고랑 타고 내려온다.

대지의 심연 속으로

수많은 생각이 차오른다.
우수에 찬
온 우주까지 흡입하는
바람 이는 들판을 휘젓고
한 점 물살로 잦아들고 싶다.

낯설다 낯익은
어디서든 머뭇거림 없이
흔적마저 감추어버린 푸른 하늘

허투루 어둠의 갈피 휘어잡고
모든 것 거두어내는
환한 햇살 아래
한량없이 고요로운 그 먼 곳까지
찬연한 빛 되어 안기고 싶다.

93세 어머니

서울아 서울아
뭐 하러 생겼냐.
서울이 없었으면
돈벌이 간 아들 차 사고로
세상 뜨지 않았을 것을.

그놈의 차들이 없었으면
우리 아들 승승장구했을 것을.

서울아 서울아
뭐 하러 생겼냐.

일흔네 살 딸년 두고
어미 죽으면
병든 딸 누가 돌볼 것인가.
밤낮없이 그 걱정에
봄이 봄 같지 않구나.

무릎 수술

삶을 그만 갈무리할까.
꺾임을 겪어보지 않았으면
함부로 입을 열지 마라.

24시간 동안
죽음보다 못하게
흰 가운 입은 이가 무통 바늘을 소독하는 사이
세포들이 일제히 들고 일어난다.

메스로 뼈 생김대로 선을 그어 쪼개고
낭자한 혈액을 쏟아내는 찰나
염증과 악성 고름을 소독하여
바늘과 실로 꿰맞춘다.

환한 날들을 눕혀놓고
다시 수혈하는 동안
네 발 꽁꽁 묶이고 보니
관 속의 송장이 따로 없다.

회룡포

산 초입에서부터
장안사 종을 치는 것은
황룡인가 청룡인가.

척추로만 이어진 몸이
물굽이 휘몰아쳐
천둥 마른번개까지 번쩍인다.

내성천 외나무다리까지 들리도록
둔중한 소리로 날마다 외친다.

낙동강 한강 임진강 대동강
백두산 천지 물까지 합쳐져서
서해로 남해로 물결쳐
태평양 대서양까지 들리도록….

장안사 종을 누가 치는가.

적막

한낮의 열기로
침묵의 잔을 비운다.

고요로움이
철새 날개 위로
높이높이 날아간
빈 하늘 저쪽

서러움이 쏟아져
잊을 수 없는 시간의 부스러기
쌓이고 쌓인다.

가파르게 내밀던 숨쉬기
서투른 걸음걸이로
바람 많은 세상을
부딪쳐 밀어내고 다닌다.

제2부

겨울과 봄 사이

겨울과 봄 사이

계절의 변신이다.
깊고 긴 침묵을 뚫고
응달의 눈얼음 녹이는 아지랑이가
칼바위 옆구리를 치고 나오나 보다.

겨울과 봄 사이를 드나드는
쌀랑거리는 바람에
얼었다 녹아내리는
북악의 능선길.

계절의 입김이 숨찬 걸음에 스며든다.

이쪽 산에서 저쪽 산
산꿩이 까투리를 부른다.

꿩꿩 소리 요란함에
멀리서 봄 문이 열리는 거 보인다.

개별꽃

죽지 뻗어 곧게 뿌리 내렸네.
햇살 부스러기로
보일 듯 말 듯
시린 어깨에 맨발 벗은 꽃 대궁.

안개자락에 묻혀
힘든 날들 꺼내어
줄줄이 줄지어 예쁘게 핀 꽃.

은은한 향기
하늘 밭에 가득 뿌린다.

잡풀들의 괴롭힘 뿌리치고
곱게 착하게
연분홍 웃음꽃 뿜으며.

나로도
- 소록도

십여 년 전 연육교가 놓인 이곳에
순하고 따뜻한 바람이
골목골목마다 사람을 불러낸다.

난류 어장
200여 척 배가 삼치잡이로
유명세를 타던 때는 성시를 이뤘지만
요즈음은 별로다네.

30여 그루 해송이 반겨주는
녹동 소록도는 뱃길로 5분 거리
옛날에는 먼 유배지.

하지만 지금은 섬이 아니다.
600여 한센인
녹동항을 건네주는 이가
한센병을 앓았던 분이라네.

손가락이 모두 떨어져 나갔지만
노 저으며 열심히 웃어주는 마음
너무 고마워 눈물겹네.

여물지 못한 꿈

낡은 목선 한 척 노 젓는 소리.
몇 점의 울음을 방류시킨
그 날부터
한량없이 떠내려가는
시간의 등비늘 타고 한 때의 열망
꿈의 날개에
푸르름 한 자락 매달고
눈과 귀를 열어젖혔다.

오감의 신경이 갇힌 시간을 끄집어내
찬란히 잎눈을 키우는 걸
뒤늦게 깨달았다.
몇 소절 물꼬를 터서
갇힌 물웅덩이 앙금까지
샅샅이 흘려보낸다.

어지럽게 열리는 환한 영혼의 발자국 따라

타성에 부대끼던 외로움 건지어
낮게 혹은 겸손의 손을 잡고
환하게 밝히는 이 한낮에....

숲속에서

묻지 말자.
자전이 구르고 공전이 굴러서
보이지 않는 기류 타고 온
코로나바이러스 19가
세계인을 불안하게 만들고,
마른 가지 속에
쉼 없는 물기 퍼 올리는
해가 환하게 웃어주는 여기는
한창 봄물이 오르는
숲의 나라
목멱산* 능선이다.

* 목멱산 : 서울 남산南山

수도리 마을 1

경주시 문수면 수도리水島里 마을은
무수 솥이 걸린 문간방에
하룻밤 고단함을 쉬어 가란다.

물결 가르는 외나무다리
아슬아슬하게 건너보고
모래사장 둑길도
한 점 바람으로 스쳐보란다.

후욱 불면 사라져버릴
순간 속 영원도 붙잡아
수많은 초침 소리 중 일부로
째깍 째깍 째깍거렸다 나는.

수도리 마을 2

하늘이 일구어놓은 모래밭이
한눈에 반기더니
묵은 기와집 가마솥 아랫목에
따뜻한 온돌로 보듬어주네.

솜옷
바지저고리 입고 뒤뚱거리는
대여섯 살 천진함으로
장작불 피운 마당 한가운데에
불똥으로 튀어보네

모닥불 가에 손뼉 치는 소리로
이슬 눈 하얗게 내리고

별까지 쏟아놓은
무섬 마을 냇물이
외발 짚고 건너오는 소리
참 반갑네.

바람산

숨차게 걸어도
낮고 낮은 구릉 바람에 구리 동전 날려봐,
백동전 날려봐,
지금까지 살아온 무게로
많은 생각 되돌아봐,
화강암 바위산에 칼끝 세우면
나도 걸작傑作의 일부가 될까.
자유로운 바람이 될까.
절벽의 폭포 소리가 될까.

바람의 이빨로 밤낮 내리는 이슬비 앞에
오늘이 젖어 내린다.
송곳니 드러내는 바람산의 이빨,
시간의 굴레가 된 내가 바람에 휩쓸려
낭떠러지로 뛰어내리는 폭포야, 나는
구리 동전 날려버리는 바람이야, 나는.

짐 부려놓고

비행기 타고
세상살이 짐 잠시 부려놓고
홀가분하게 훌쩍 떠서 간다.
엔진 소리에 부딪히는 웅성거림이
사람들의 바쁜 일상을 밀쳐둔다.
마음의 병까지 치유시킬
의식의 날개 위에
기쁨인지 슬픔인지 빚어내는 잡념을
훌훌 걸러내는 시간이다, 지금은.

두 얼굴

말씨를 깨물어 즙을 냅니다.
반듯해야 하는 말씨들
억센 이빨로 으깨진 언어의 파편들
상처 난 진물이 되어
위장을 거치는 동안
밤낮으로 어쩔 줄 모릅니다.
말의 뼈대가 선함과 악함의 악센트로
천사가 되다 허깨비가 되기도 하여
사람의 마음을 좌지우지하면서
휘젓고 다닙니다.
실체가 없는 말의 진원지를 찾아
진선미는 종종 악당 앞에서
숨바꼭질을 합니다.
때로는 입맛이
쓴 말과 달짝지근한 말들이
이중주 악기처럼
일상을 누비는 우리들의 언어들....

2020년대 초입에서

새 출범의 장으로 들어서는 디딤돌은
튼튼하고 가지런한가.
계절은 가도
제자리 차고 드는 역풍을 지나
정풍과 맞서리라.
순풍의 닻을 올려라.
굽이치는 해일 다스려
잔잔함에 밝고 순결한 빛을
높이 매달아 펄럭이게 하리라.

밝음을 위하여

나를 적시고 가는 너
어둠이 깊어진 마음속 문을 열고
날마다 어둠의 덩어리를 만지작거린다.
밝음의 문을 닫았다 열어보면
닫힌 슬픔의 문까지 열려져서
이 환한 봄날
자물쇠를 다시 채운다.
날마다 다르게 피어나는 속잎들같이
몇 편의 그리움을 담아내
봄꽃으로 환해지는 마음 언저리,
너는 나의 어두운 속문을 열어
단 하루를 살겠다고
25번 허물 벗는 하루살이 삶처럼
그늘진 습기까지
개운하고 밝게 씻어주는가.

비 오는 날의 골목

숱한 기억들 쓸어안고
가랑비에 젖는 이 길이
희미한 가로등 아래
너와 함께 하던 날을
흔들어 깨운다.

터벅터벅 걷던 네 발자국의
고단함이 배어서
안개 가득 젖는다.

무엇부터 시작해야 할지
큰 눈을 껌벅이던 그 많던 날들이
아프게 덧나
거슬러 올라가는 시간이다.

가파른 샛길 오르내리며
구두 뒤축이 닳아서 너덜거리던 너를

무심한 듯 지켜보기만 하던 내가
가난한 세간살이 옮겨 다니면서
팍팍하게 걷던 길
이제 혼자 걷는다.

온 하루를 젖어 내리는 안개 속 기억들이
한량없이 고여 내리는 밤
너는 희미한 안개 속에 나타나
쓰러질 듯 가늠하기 힘든
나를 이끌고 간다.

더딘 하루

내가 들르는
생각의 집에 내가 없다.
하늘이 내려다보며
원 없이 머물다 천천히 가라지만

손짓 발짓으로
시간만 허비하다
소모전만 펼쳐내는 날들이었다.

더딘 발걸음에 수많은 시름 엮어보면
아득하게 노을빛만 짙어
어둠에 물들고 있다.

제3부

어디에서 떠도는가

화진포

- 철조망 주의

낮 안개가
하늘과 바다를 하나로 이어준다.
주변의 숲과
몇몇 집들을
지웠다 그렸다 하는 안개
철조망 너머
파도 말을 데려다
DMZ 주변 돌섬까지 달려와
반세기 동안의 갇힘을
속 깊이 우는 물살
어제 밤부터
눈이 짓무른 하늘이
웃는 얼굴 한번 보여주지 않는다.
깨끗하게 펼쳐진 해안선엔
톳나물이 북녘에서
길게 떠실려와
애잔한 안개 울음 더불어 운다.

동백꽃

피보다 진한 오기.
엄동설한풍 마다 않고
망울망울 꽃 피워내는
저 고집불통,
아니, 그건 순명이다.
진하디 진하게 키워주신
십자가의 피 흘리심이다.

맑은 유리

속내 다 드러낸
이지적인 눈빛

너무 차가워 다치면
와르르 무너질 아슬아슬함으로
비춘다.

투명한 그 영혼
적당한 거리 유지하면서
겉과 속이 똑같은
그 앞에서는 우직한 믿음 그대로
얼씬거리지 않기로 한다.

하늘공원의 억새

척추 곧추세워 깊어가는 추위로
더욱 하얗다.
흙더미 속에서 휘청거리는 몸짓
비바람 칠수록
질기게 엮어내는 매듭과 매듭
허공 향해 소중한 시간을 흔들면서
차가움까지 끌어안으면서....

반딧불 2

빛으로
온몸을 밝히는 뜨거운 삶이다.

일 년여 풀숲이나 땅 속에
죽은 듯 날개를 달아내
겨우 십여 일 살며
단 한 번의 외출이 일생이다.

검은 하늘 소나기별이 쏟아질수록
넓은 풀밭 위를 떠다니는
소중한 빛의 생애다.

감악산 출렁다리

출렁다리 건너
법륜사는
영생을 꿈꾸는
목탁을 친다.
마음 한 곳 모으기도
힘든 우리는
오두산을 끼고 도는 물줄기로
설법에 흘러든다.
두 손 모아
부처님의 내려뜬 눈빛 속으로
그윽이 젖어들면
백팔번뇌 말갛게 씻어지는가,
우리 모두는....

파꽃

줄기마다 유월을 펴낸다.
둥글고 하얀 봉우리로 땡볕 속에
당찬 꿈을 매달고,

맵고 아린 견딤의 집을 지었다.

하얀 베일로 하늘 울음까지
까만 씨앗들을 감싸 안고
아름다운 꿈꾸며
하늘까지 보듬었다.

용정龍井 설록차

70도의 열과
이름 모를 청년의 기가 모여 우러난
차 맛이
노폐물을 씻어낸다.

정신의 지저분함까지 씻어낸다.

주걱 아닌 손맛으로
찻잎을 볶아내고
토양과 기후의 알맞음이 빚은
맛깔스러움 마시면
중금속 찌꺼기까지
척척 닦아진다.

찻잎이 우려내는 순한 맛을 음미한다.
아련히 온 몸에 퍼져가는 기운이
한결 가벼워지는
일상의 시작.

어떤 날은

쓰기는 쓰지만
글 같지 않은 날이 많아서
한숨 쉬어
해찰도 하면서
가파른 언덕배기 쉬엄쉬엄
발걸음 옮긴다.
춥지도 덥지도 않은 날
숨 가쁨에 말도 걸어보면서
저만큼에서 사람들 집합소가 보인다.
야트막한 산을 배경 삼아
멀고도 가까운 거리 지켜보면서
숨 가쁨의 여유를 챙기면서....

보길도 예송마을

마음에 묻은 때
말끔히 벗겨낼 바람이 분다.
바닷말로 우르르 밀렸다가
우르르 쫓겨
물사레 치는 소리로
갓길을 달린다.
천사 섬 아침을 일으켜
바쁜 일손에 새벽잠 설치는
섬마을 아낙들의 부지런함이
갯물에 젖어 목이 쉰다.
논밭 매는 손놀림 바쁘고
갈매기 몇 마리 끼룩끼룩
낯 선 이들을 반기는
바닷물의 신선함에 취한다.

어디에서 떠도는가

허기진 삶 한 귀퉁이를
땡볕에 말리면
말랑말랑하던 여유까지 딱딱해진다.
물 한 모금 커피 한 잔
목울대 타고 공복을 달래는 지금,
느긋한 마음으로 푸른 하늘 쳐다보면
어깨 위에 손을 짚어주는 바람이
모든 것 내려놓으라 이른다.
지금 이 순간을 심호흡해보란다.
구름 몇 점과 바람의 얼굴로
어디만큼 그대 와 떠돌고
어디만큼 가고 있는가,
멈춤을 모르는 시간의 바퀴가 되묻는다.

늪지

슬픔을 담근다.
얼버무리던 시간 버려두고
손끝의 가난도 접어두고
젊음이 빠져나간 자리마다
여의치 못한 바램들이
늪지로 잠긴다.

헐렁한 바람이 스며들어
추운 날은 무엇으로
키 큰 상실의 벽을 부수랴.

천정부지로 벽만 높이 쌓아
고개 젖혀 올려다보면
안개 기둥 세운 어제가
희미하게 어른거린다.

숨쉬기

아홉 구멍 중
한 구멍만 막아도 탈이 난다.

어느 구멍 하나도
온전치 못하면
불구자 취급을 당한다.

생리적인 병도 병이지만
정신적인 병이 많은 이유를 그대는 아는가

4계절 우리를 둘러싸고
다스려 주는 흙이
고맙게도 생명줄을 이어주지만
사람들은 고마운 줄 모른다.

지구 곳곳마다
다툼과 다툼 사이에

지옥과 천국을 만들어낸 어리석음이
그마저 놓아버릴 시간이 다가온다.

사유思惟의 옷자락

올까 말까 하는 시詩
너를 기다린다.
생각 바쁘고 마음 바쁜 사이로
스치듯 지나치고 말
네 갈피를 뒤적여본다.

얼른 맘 한 구석에
자리 펴놓은 여유를 챙기기로 맘 다지면
틈틈이 푸르디푸른 허공 읽어보란다.
어쩌다 드문드문 여기요 여기
바로 당신 곁에 있잖아요, 라며
뜬금없이 뒤통수를 치는 그대,

참 알 수 없는 시의 옷자락이다.
있는 듯 없는 듯 없는 듯 있는 듯
천의 얼굴로 웃다 말다 사라져버린다.

제4부

말 걸어오는 빛

살아 있는 강의

- 목월 선생님 생각

직접 뵙고
강의 한 번 들은 적 없지만
지금도 열심히
마음 다해 듣고 있습니다.
정신 똑바로 차리고
높고 넓고 깊은 그 말씀
심미안의 문을 열어놓고
거듭거듭 음미합니다.

목월공원에서
- 부끄러움

당신 집 주변에
발 들여놓을 틈 없이
온갖 잡풀이 진을 치게
버려둔 죄
호통 쳐 나무래 주십시오.

정신이 번쩍 들게
후학들에게,
백옥의 흠은 갈아서 없앨 수 있어도
말의 흠은 갈아서 없앨 수 없다고
큰 소리 쳐 주십시오.

무기력

깔끔히 꾸밀 줄 아는
이 허구
허구이지 않기 위해
내가 나를 버리는 일에 열중한다.

무기력하게 자빠져
움직이지 않는 내면에
빗줄기로 쓸고 닦아
흐릿한 정신 번쩍 들게
일으켜 세울 일이다.

지금 현재 그런 재미나는 힘이
오늘을 강건하게
펼쳐내는 즐거움
날마다 다르게 찾아낼 일이다.

보길도 4

물 밑
어둠을 딛고
일어서는 햇살
일렁이는 물살로 부신 눈을 비빈다.
갯 비린내 들이키는 이른 아침
물살은 쏴 쏴
손뼉을 치고
이 시간 이 순간을 새기라고
해조음이 크게
혹은 작게
쉴 새 없이 밀려오고 밀려간다.

티끌 한 점으로

네 혼을 당기어 접어둘 걸
벅찬 가슴 타오르게 하던
눈빛 속으로
모르면 모를수록 어정쩡한 날의
철새 되어
바람 가르는 날갯짓이면
더없이 좋겠다.

말 걸어오는 빛

하루치의 소음이 피어오르다
가라앉는 이곳
네가 없는 날을 지탱하기엔
한낮의 분주함과 진창길이
대로변에서 휘어져 내린다.
어둠까지 빛나 보이는
무량수전으로 잠드는 밤에는
여러 갈래 생각들이
골짜기 깊은 곳으로 빠져든다.
묵언과 묵언 사이 빗장을 열어
마음의 집착까지 드러낸 지상은
코로나바이러스로 저물어가고
눈부시게 떠오르는 햇살을 받아 안을 것이다.

은잔을 비우며

푸른 시간 밟고 와
네게 안기면
두 어깨에 달린 깃
활짝 펴 날 수 있을까.

먼 산 저 너머로 숨어 있는 빛
다시 산마루 위로 일어설까.

깊은 잠 속에서
깨어나고 싶지 않던 날
비어가는 마음 언저리를 색칠하면
눈물로 다지던 날들까지
숲길로 찾아와 환하게 비친다.

은비늘로 떨어져 나가던 날
잔을 비우면
먼발치에서 바퀴 구르는 소리.

빈손 끝마다
새어나가던 그리움들이
숲과 맑은 공기 되어
네 안에 숨 쉬고 싶다.

이음자리

있는 것
다 내려놓고
아쉬움 비워
바람에 날려버리지,
그냥 넘어가버린 날들이
달아난 자리마다
힘든 것도 웃어넘기는
눈시울이 붉어져 있고
돌아서서 눈 흘기는 뜻 아무도 모르리.
앙상한 뼈대로 남은
시간 저쪽에는
바람만 길게 스치고 또 스치고....

시월 1

새벽 비에
기온이 뚝 떨어졌다.
일 년 중 남은 두 달 열흘이 질척인다.
지난날의 고단함이
환하게 전등을 켠다.
끝 모를 깊이로
유리알 하늘 키우는 시월
너무 투명하여 깨질 것 같다.
찬바람에 크고 작은 나무들의 손짓
낭자한 추위 견디기 위해
작은 갈잎 뿌리까지
키를 낮출 대로 낮춰버린다.

시월 2

저고리 앞섶을 여민다.
사방천지 휘덮은 찬 기운에
허리 뼈마디가 시리다.

숨어서 켜는 귀뚜라미 곡조에
겉만 핥고 도는 쌀쌀한 바람.

시간의 너울 속에
헛물 켰던 날들을 떠올려 봐도
웃는 듯 우는 듯 허방만 깊어진다.

허름한 벽 사이로
메울 수 없는 허기가
산이 되고 강이 되는 요즈음,

푸른 잎사귀마다
물기 메말라 바스락댄다.

가고 없는 너에게

100킬로 주행 차창 밖을 지켜보면
투명한 바람결로 쫓아와
내 안에 물살로 넘치는 너,
그해 여름
앓고 앓던 너를
손 쓸 수 없었던 순간들이
밀물져 가고
젖은 눈 짓물러 뼛속까지 짓물러
해일이 된 지금,
넌 기억의 활엽수로 흔적마저 지우고
무거운 발걸음마다
짙은 안개로 피어난다.

길

생트집 잡지 마라.
일제히 열 목소리 모은다고
우격다짐한다고
어깃장 놓는 속뜻
어리석음만 드러난다.

없는 죄 만들려고 몰려드는
어처구니없는 먹구름 떼

하지만 내공이 든든함을
한 소절씩 꺼내어
깊을수록 무게만 더함을
헤집어낸다.

감추어진 속뜻 일으켜
빙긋 웃는 이웃집 어른의 느긋한 여유가
돋보임을 어찌하랴.

무등산 선돌

규봉암은 1,187미터 높이로
바람 휘휘 쐬고 가란다.
서석대가 숨겨둔 바윗길 아래

너덜겅이 쪼개놓은
돌덩이들이 숨 고르고 가란다.
은빛 머리채로 반기는 장불재 억새들이
반갑게 손짓한다.

살아서도 죽은 척
눈 부릅뜬 바람
허다한 일들을 골짜기마다
부려놓았다.

맨살로 5월의 정신 불끈 들어올린
가슴뼈들이 광주천을 끼고 돈다.

막간의 잔치극

그날이 그날 같은 날
뉘가 나서
뱅뱅 뿌리째 뽑아버리니
흙이 민얼굴을 보이면서
구덩이가 깊게 패였다.
비 오는 날이 많은 한여름
빗물이 고여 둠벙 물이 된다.
날파리들은 알을 슬고
풀까지 돋아난 안식의 집을 짓는 무더위,
실지렁이도 어디선가 기어 나와
땀내 나는 여름을 하나로 어우러져
막간의 잔치극 벌여 춤을 춘다.

제5부

시간을 고치다

칠선 계곡

지리산에서 가장 아름다운 계곡
상류에서 토사가 내려오면
때 묻지 않은 도립공원 숲이
동백 숲과 어우러져
사람의 넋을 홀린다.

30여개 우물을 품은
넉넉한 품속,
평화리 마을과 잠긴 시간을 일으킨다.

아홉 마리 용이 승천하는 구룡봉과
1,189개의 재약산 천왕봉을 보듬어
간담 서늘하게 쏟아져 내리는 물소리....

말로는 요약되지 않는 풍경이다.

표류

- 술과 담배로

가질 만큼 갖지 못한 아쉬움을
연기로 피워내고
이룰 만큼 이루지 못한 회한을
낮술에 씻던 너,

미운 세월 끌어안아 보려고
손짓 발짓 안간힘을 쓰더니
이젠 어느 물결에 흘러 떠도는가.

끊임없이 굴러가는 시간의 바퀴
가물거리는 불빛마저 꺼지고 말면
너와 나
무한대의 어디쯤에 가서 떠돌까.

어떤 시간

한 잔의 커피와
반 잔의 소주를 섞어 마신다.

엇갈리는 일마다
얼큰한 안주 몇 젓갈로
삭아가는 날들의 어깨를 짚어본다.

저 밑바닥에서부터
끓어오르는 날들이
뒤죽박죽 엉클어져버린다.

그대여 함부로 건드리지 말라고
하늬바람이
빈 잔을 쓰러뜨리며
스쳐가 버리는 지금은....

가난한 이

흠 없이 잘살아보겠다고
목표를 높이 더 높이 잡았다.
주말에도 일찍 승강기에 오르고
밤늦도록 앞만 보고 걸었다.
그러나 어느 날은 술에 취하고
또 어느 날은 담배 연기에 콜록대면서
제자리걸음 못 벗어났다.
얼기설기 헝클어진 세상의 올가미에
넘어지다 일어서다 돈짝만한 세상
빙빙 돌기만 하는 때가 너무 많았다.
큰 욕심 안 내고
걸리적거리는 것들 밀어붙여도
수 없이 썰물 져 나가는 시간들....
힘 펼 날 없이 저무는 하늘엔
눈물겨운 별들만 총총 박혔다.

등산길

산길을 걷는다.

등산화 아닌 운동화를 신고
경사진 길에
휘파람 숨 쉬면서 걸어간다.

오르는 길 왼편으로
내리막길 소나무 아래서
물 한 컵 마신다.

땅에 내려온 다람쥐
똘망똘망한 눈이 참 귀엽다.

수많은 생각을 포개면서
정상을 향하던 맘
어느덧 하산 길에 접어든다.

산벚꽃 피어나 향기로워도
내가 산이 되는 지금이
더없이 소중한 시간이다.

녹슨 철모

- 비무장지대

벽 아닌 벽 세우고
뼈로 우는 바람 소리.

철조망에 구멍 난 철모 걸어놓고
비석 없는 돌무덤에
오늘 내가
작은 돌 하나 올려본다.

칠십여 년 넘도록
침묵 속에 적이 되어
으르렁거리는 어리석음
한탄강에 흘려보내고,

백두에서 한라까지
두 손 잡고 달리는 그림을
허공에 그려본다.

시간을 고치다

흠집 난 나날 뜯어내어
고치고 나니
새것처럼 새롭게 주위가 반짝인다.

환해지는 웃음 한 폭에
하늘까지 댕겨놓고
마음 넓혀져서
상큼한 꽃잎들 피어난다.

이 한낮
미세먼지까지 날려버릴
바람이 불어와
몸과 맘에 먼지를 털어내
맑게 씻어가는 날

주변의 널브러진 것들까지
개운하게 닦아져서
반들반들 빛나는 시간이다.

나무 한 그루

허공의 창문까지 열어젖혀
심호흡하고 나니
참 벗을 몰라도 한참 몰라본 죄 크구나.
스치는 시간이 물기 거두어
찌들어 가면서도
지극한 마음까지
뼈 마디마디로 손 내밀었구나.
푸른 빛 거두어
땅 아래로 구르는 잎사귀가 하는 소리
읽어내지 못한 죄 크구나.
너의 푸른 언어들이
을씨년스러운 바람에
한결같이 반짝이는구나,
손짓 발짓 눈짓 수화로....

친구

시가 내 안에 있는 것인지
내가 시 안에 있는 것인지,
함께 있는 동안은
빈구석 없이 차 있는 것 같아
시와 떨어져 있으면
너무 허전할 것 같다.

그를 벗어나면
너무 초라하게 작아져서
그지없이 내가 싫어진다.

수만 가지로 일어나는 미묘한 느낌들
잠재된 무의식의 세계
수많은 사유의 파동 치는 너울
없어서는 아니 될
참 친구로구나.

가닥 추리기

손에 넣을수록
탐욕스러워짐을
알아차린다는 건 어려운 일인가.

어려워질수록
생명의 원천은
더욱더 힘을 주고 눈을 크게 뜬다.
짧다면 짧고
길다면 긴 한 생애,

스스로 늪을 파지 말 일이다.

두 눈 부릅뜨고 똑똑히 보아라.
이 순간에도
너와 나의 목숨 길이가 점점 빨리
짧아져 가고 있는 것을.

상쾌한 아침

마음에 묻은 지저분한 것들
빛들의 알갱이로 말끔히 닦아낸다.
오늘은 새벽 별보다 일찍 깨어
환한 햇빛 아래
숲 그늘 피톤치드의 상큼함에 젖는다.
상쾌히 불어가는 바람의
작고 미세한 입자들이 혈관에 박히도록
심호흡을 하면
티 없이 푸른 하늘이 환히 열린다.

에메랄드 사원

차로프라야 강 고기떼들이 황토 물에서 퍼덕이며
가짜 보석으로 꾸민 에메랄드 사원 불경 소리에 섞인다.
어둠을 꺼낸 구석마다 목련나무 잎새로 피어 밝음을 일
구는 일이
목 부러진 부처의 가슴과 함께 나의 번민을 엮는다.
가파른 사유로 번져오는 예불. 살아온 만큼의 번뇌로
가라앉고 깨달음과 어리석음이 사원 한복판을 질러
불탑 사리 안에 멈춘다.
간절한 소원 모아 큰절 올리면 겉만 핥던 나의 뉘우침이
반나절 꽃이 되어 피어난다.

이슬 목걸이

새벽빛 일어서는 시간
풀물 든 손이 보석 이슬 꿰어
목에 걸어보는 여유로
소박하게 영원을 잇는다.

하찮은 풀잎이지만
검부레가 다 되면서
목숨의 빛깔로
찬란했던 날들을 접는다.

내색하지 않는 죽음이
푸르른 날의 활기찼음을
일깨운다.

속 깊은 마음으로
대를 잇고
어둠을 다스려
다시 살아나는 신생의 뿌리들....

역력한 소리

티 없던 날의 하늘
그때 모습 그대로다.
덧없는 날들이 덧없는 바람과
몇 십 번 옷을 갈아입는 동안
어디만큼 떠밀렸는지
아스라이 하늘만 높아 보인다.
계절을 입고 벗고
또 손꼽아 보아도
숨 돌릴 틈도 없이 보내버린 날들이다.
흩어져 가는 바람 사이로
잘 구르는 시간의 바퀴 소리만
역력하게 들릴 뿐....

제6부

마음속 해일

서울 아침

어둠 가시기 전 시동을 건다.
층층계단 골목길이 총총걸음이다.

밀물 썰물이 된 차량들
남영역 원효대교 우측과
서울역 시청 광화문 직선거리를
색색 가지 차들이 가다 서다를 반복한다.

키 큰 목멱산 타워는
서울특별시민 머리 꼭대기에 우뚝 서서
하늘을 찌른다.

북악산 삼각산 낙산 관악산 인왕산이
자연 성곽을 이룬 한강은 유유자적.

자기 구역만 도는 03번 마을버스가
"요일제 지키세요."

캠페인 피켓 든 봉사단 속을 쿡쿡거리면서
잽싸게 비켜간다.

물의 얼굴

- 안개

마음의 평온이
맑은 물 되어 정결하게
남루를 씻어낸다.
햇빛 맑은 날
하늘 땅 누비는
물방울의 넋,
검고 추한 것까지 어루만져
하나로 보태어지는 영혼을 보아라.
휘이휘이 날아서
큰 산 작은 산
골짜기 구석구석 감싸 덮는다.

저 변하지 않는 물의 본질이
날개를 달았다.

솟대

산동네 당산나무와
마음 한 움큼
간짓대 끝에 매달고
빗살 한 소쿠리 하늘 가득 매달까.

혼신 다해
천진한 아이 열꽃 가라앉힐
허공 문 열어,

몹쓸 병 쫓아낼
아흔아홉 번의 곱절로
널 지켜줄 영험한 새 되어
네 고통 물리치자.

마음속 해일

빈방 채우는 혈관 속
신선한 피들이 채워진다.
바쁜 발걸음 멈추어
잠시 쉬는 이유를
침묵의 고요가 묻는다.
무엇이 신뢰를 버리게 하고
무엇이 사람의 리듬을 깨뜨려
굳센 믿음까지 깨부수는가.
나보다 나를 더 크게 하는
당신은 누구시기에
세상 바람 불러들여 헝클어놓고
가만히 못 본 체
시치미 뚝 떼시는가.
휑한 바람 우글거리는 거리를 떠돌다
안방에 들면....

백팔 염주

백팔 죄와 백필 뉘우침
한 알씩 염주 세면서 엎드린다.
목탁 칠 때마다
마음속 끓고 있던 잡념들까지
향불로 피어오르고
모든 허물 찌꺼기까지
무릎이 닳도록
하얀 재로 사른다.

쑥떡

쌀겨와 보리쌀겨
반반 섞어
무쇠 솥에 손맛까지 보탠다.
설기떡 절편 송편 아니어도
설익을까 솟아오른 개떡 시루에
정성을 지핀다.
솔솔 향긋한 쑥 향기로
가파른 보릿고개
허기를 메워주던 숨찬 바람고개.

이른 새벽

흙길 밟으며
영혼이 살찌는 느낌으로
소나무밭을 만난다.
그중에 붉은 소나무 네 그루
우람하고 의연함이 좋아
이 길을 자주 걷는다.
든든한 가지 사이사이에서
산비둘기 십여 마리
날았다 올랐다 내렸다 하는
해 뜨는 아침,
바로 옆에 충청도 소나무가
기품 있는 푸르름을 펼쳐
하는 일마다 잘 되란 듯이
다른 도道에서 온 소나무들과 어우러졌다.
아침 해를 솔잎마다 짙푸르게 펼치고서....

새벽 문

- 너를 위하여

아직 어두컴컴한 문 두드리는 것은
동녘 하늘을
네게 안겨주고 싶어서다.
알 것 같다가도 모를
네 맘 때문에
수많은 날을 또 지켜보아온
이유는 묻지 마라.
안개처럼 첩첩이 쌓인
네 주변의 어둠까지
환하게 바꿔주고 싶어서
새벽 문 두드리고 또 두드려본다.

섣달그믐

살아야 할 무게 끌어안고
일어서다 자빠지던 날들로
숨차게 오르내리는 삶의 언덕길,
소중한 날들이 창밖에서 얼었다 녹았다
엄동설한을 견딘다.
고단함에 더러 여행가방 들춰 메고
언 손 호호 부는 이들이
앞에서 뒤에서 서성이는 세모의 모퉁이,
들었다 놔버린 날들의 가닥을 추려보면
바쁘게 숨 돌릴 틈을 찾아
너와 내가 모자를 쓰다 말고
발을 동동 구르는 섣달그믐으로 묻혀간다.

빛과 어둠

하루치의 소음이 피어오르다 가라앉은 이곳
네가 없는 날을 지탱하기에는 잦은 음성까지 젖어
안개비로 내린다.
대로변에는 한낮의 분주함과 진창길이
적요에 젖어가는 시간이다.
어둠까지 빛나 보이는 무량수전으로 빠져들어
여러 가지 생각으로 잠드는 밤
어둠의 골짜기는 빗장을 걸고
마음의 집착까지 덜어낸 빈터에 닿는다.
그 빈터 갓길마다
새날의 해는 무색무취의 어떤 색깔로 비칠 것인가.

개암사

절 입구에 서 있는
버드나무는
허리 비비 꼬아
몸집을 불리고

낡은 대웅전
뒷산 바위가 우뚝 서서
은근하게 지켜주는
풍경화 한 폭,

고요로운 하루를
목어의 풍경소리로
노승의 합장까지 뒤흔드는 이는
누구신가요.

능소화

어여쁜 주황색 꽃 피워
이 계절을 펼쳐내는가.

줄기마다 잎잎이
자기만의 세계로
활짝 펴 웃는가.

높낮음 가리지 않고
싸리나무 울타리이거나
철조망 담장이거나
죽죽 거리낌 없이 뻗어간다.

마이산

오르내림이 깊음은
자신을 만만히 보지 말라는 뜻인가.
석금산 마이봉이
야무진 산세로
몇 가지 얼굴 지녔는가.
만 가지 생각을 계곡 사이로 흘려보내
저리 깊은 골이 패였는가.
의연하게 햇빛 밝은 날
모든 흔적 티 아니 내고
산속 굽이굽이
침묵에 들어선 지 몇 천 년인가.

계절의 입김

낮과 아침 사이
기온을 벌려놓은
땅의 입김.

구름이 빗물로 이슬로
가뭄으로
바쁜 숨결로 땅에 스민다.

더위와 소슬바람을 불러내
갖가지 색깔로 단풍 빛 물들이는
계절의 옷차림,

톱니바퀴에 꿰어진 시간이
초록을 거두어 가고
나뭇잎들은 흙바닥에 떨어져
발등을 덮는 숲.

높게 높게 밀어 올리는

10월의 하늘이

11월로 넘어가는 때

김장철 바쁜 일손이 보인다.

| 발문 |

진솔함과 뜨거움, 치열한 상호작용

이상호(시인, 한양대 명예교수)

무덤덤한 세월을 대책 없이 소비하던 어느 날, 감태준 시인께서 내 무료한 일상을 깨뜨리는 전화를 주셨다. 임지현 시인이 새 시집을 내고 싶다며 원고를 보내왔단다. 디자인을 마쳤는데, 나보고 간단한 발문이나 좀 써 달라고 하면서 한 말씀 덧붙인다. 작품이 읽을수록 깊은 맛이 난다고...

아는 이는 알듯이, 임지현 시인은 한동안 산에 마음이 꽂혀서 산행하듯이 산시를 그려 펼쳐냈다. 좀 거칠게 말하면 산 밖(사회)에서 서로 물고 물리면서 아웅다웅 다투며 살아야 하는 사람과 세상에 짜증이 나서 마음이 산 안으로 달려가서 자연에 안기고 싶었다고 할 수 있다. 그 여운이 얼마나 짙은지 이번 시집에도 얼마간 남아있어 몇 군데 자리를 차지하고 있다. 그렇기는 해도 이것이 이번 시집의 주류는 아니다.

이번 시집을 장식하는 새로운 기운은 시인이 한동안 떠나려고 했던 산 밖의 사람들 세상 즉, 이런저런 사람들과 섞여 사는 사회적 존재로서 '사람다움'에 대해 새삼스레 여러 가지 눈길로 돌아보고 깨우치는 시심[情緖]을 그려낸 작품들에 들어 있다. 그렇다. 분명 시인은 숱하게 망설이고 더듬는, 또는 더듬거리는 마음과 언어로 세상을 바라보고 나름대로 그 한 고갱이를 꺼내어 펼쳐 보이려 한다. 시인의 새로운 길 찾기의 결실은, 산이 산일 때 산답듯이 사람은 사람 서리에서 서로 부대끼며 슬픔과 기쁨을 함께 나누어야 더 사람답다는 사실을 이 산 저 산을 오르거나 거닐면서 얻은 화두라 할 수 있다.

알 수 없는 것이 세상사이고, 사람의 삶이란 게 일정한 정답 없이 천차만별인 것처럼, 그런 사람의 마음과 노릇 들을 시라는 양식으로 풀어내는 작품 역시 당연하게 시시각각일 수밖에 없다. 그러니까 모든 시는 숱한 사람들의 민낯처럼 가지각색으로 시라는 자장 안에 든 모습으로 비치고 보일 때 더 시다울 수 있다. 우리가 보지 않는 산골짜기 어느 곳에 사는 풀이나 나무, 또는 제멋에 겨워 꽃피우는 풀꽃처럼 시심도 그냥 그렇게 어느 시인의 품에 갇혀 있지 못해서 세상에 나서 살거나 꽃피며 제 운명을 다하는 것으로 족하지 않을까? 나는 그런 시, 무엇에 얽매이지 않고 힘주지 않고 억지 부리지 않는 시를 좋아한다. 사람다움에 대한 정서를 진솔하고 소박하게 그려낸 임지현 시인의 시편들은 그런 자연과 사람다움의 속뜻을 곱씹게 한다.

피보다 진한 오기
엄동설한풍 마다 않고
망울망울 꽃 피워내는
저 고집불통,
아니, 그건 순명이다.
진하디 진하게 키워주신
십자가의 피 흘리심이다.

-「동백꽃」 전문

제 운명을 개척하기도 하지만 때로는 순명順命할 줄도 아는 그 부드러운 존재 인식과 삶, 그것이 곧 자신의 있음이자 꿈의 세상을 위해 함께 하는 어떤 희생의 깊은 뜻으로 살아날 수 있음을 시인은 '동백꽃'을 바라보면서 속 깊이 되새긴다. 운명이 아니라면 어찌 동백나무가 엄동설한풍+에도 안으로 피를 끓이며, 피보다 짙은 붉은 꽃의 기운과 결기를 세상에 떨치겠는가?

이처럼 임지현 시인은 자연에서 사람의 운명과 참모습을 엿보고, 사람과 삶을 통해 자연의 이치를 더듬는 것을 시다움으로 여긴다. 이 치열한 상호작용이 끝끝내 그를 큰 시인의 반열에 서 있게 하리라 믿는다. □

| 해설 | 시집 『민달팽이』의 시세계

녹색 혹은 생명의 시인

유한근(문학평론가)

임지현 시인은 1985년 〈심상〉에 「겨울수갑」 외 4편이 당선되어 등단한 시인이다. 첫 시집 『대보름달 해방촌』(1987. 심상사)을 출간 후 이번에 내는 『민달팽이』까지 10권의 시집을 가진 중견시인이다. 연보에 의하면, 그는 〈영혼과 형식〉, 〈숫돌〉 동인으로 활동 중으로 "3~4음보 율격의 전통적 형식을 계승하면서도 표현 대상을 다변화하며 끊임없이 시적 변용을 해나가고 있는 것이 특징"인 시인으로 평가받고 있다.

또한 박동규 문학평론가는 시집 『목멱산 기슭』 시 해설에서 그의 시를 "창조적 정신을 마치 무사가 칼을

숫돌에 갈아가며 다듬듯 하는 구도적 자세로 절실한 시에 대한 애정과 그만이 지닌 특출한 굳은 의지가 받침이 되었으리라 생각한다"고 평가하고 있으며, 이상호 시인은 시집 『틈과 틈』에서 "시인이 늘 견지해왔던 단아한 시적 형식을 그대로 이어가고 있으며, 또 표현 대상을 조금씩 바꾸면서 시적 변용을 꾀하는 점 등을 임지현 시의 근간이라" 평가하였다.

이 시집 『민달팽이』의 '시인의 말'에서 임지현은 이렇게 토로한다. "연둣빛 세상/아지랑이가 계곡마다/진을 치고/커 가는 잎사귀 사이로/달도 별도 촘촘히 박힌다.//날마다 꺼내는 푸른 세상/햇살과 바람의 입술로/제10집을 묶어낸다"가 그것으로 이를 통해서 볼 때 그는 자연친화사상을 가진 녹색 시인인 셈이다.

1. 자연과 하나되기

서정시인의 필수적인 요건은 자연물을 모티프로 하여 서정적 자아를 표출하는 시의 근간을 고수하고 있다는 점이다. 임지현 시의 전편을 관통하고 있는 것은 이것이다. 그중 이 시집의 표제 시 「민달팽이」가 그 대표적인 시라 할 수 있을 것이다.

이슬 몇 방울로 버티는 삶
온몸 던져
힘겹게 기어갑니다.
가는 길 멀어도
사는 데까지 살아보자고
소망의 집 한 채 짊어지고
세상 밑바닥을 깁니다.

-시 「민달팽이」 전문

민달팽이는 연체동물로서 자연물의 하나이다. 시인은 이 시에서 자기 자신을 비롯한 인간 삶의 한 국면을 민달팽이의 삶에 의탁하여 표현한다. 이슬 몇 방울로 척박한 삶을 버티며 "소망의 집 한 채 짊어지고/세상 밑바닥을" 기는 소시민의 삶의 모습으로 온몸을 던져 사는 데까지 살아보자는 각오로 근근이 살아가는 소시민의 삶을 민달팽이를 통해서 보여주고 있는 것이 그것이다.

이 시의 시적 대상은 '민달팽이'이다. 그 대상을 시인은 거리를 두고 관조하기도 하고, 또 어떤 때는 그, 대상에 가까이 다가가 자기화하여 자신과 인간 전체의 삶에 투영하여 이렇게 노래할 수도 있다. 전자의 경우는 객관적으로 대상을 파악할 수 있다는 점에서 이 점이 있지만, 후자의 경우는 시적 대상과 하나 되어 그 본질을 드러내 줄 수 있다는 점에서 시인의 치열한 정신을 엿보게 한다. 그러나 임지현 시인은 전자의 방식으로 관조미학을 선호한다. 나무를 모티프로 한 시에서도 이를 엿볼 수 있을 것이다.

눈발을 맞이하네.
날 세운 칼바람 동행하여
모진 추위 받아내네.

옹골차게 버릴 것 버리고
맨발로 앙상히 버티지만
봄날은 멀고.

눈발로 피륙을 짜도
이 엄동 감싸주는
옷 한 벌 나올 것 같지 않네.

잔가지 하나에까지
파고드는 얼음 세포
군소리 없이 껴안고 섰네.

-시 「맨발로 선 나무」 전문

위 시의 시적 대상은 '맨발로 선 나무'이다. 겨울의 나목이다, 봄날은 멀고, "눈발로 피륙을 짜도 /이 엄동 감싸주는 /옷 한 벌"이 되지 않는 이 세상에 나무는, 확대해석하면 사람들은 "잔가지 하나에까지" 속속들이 "파고드는 얼음 세포/군소리 없이 껴안고" 산다는 삶의 한 국면을 보여줌으로서 우리 삶을 환기해준다. 이 시의 행간에는 척박한 삶이라 해도 그대로 견디어 보라는 삶의 지혜에 대한 아포리즘이 내포되어 있다. 같은 맥락을 또 다른 시 「눈을 부릅뜨고」에서도 살펴볼 수 있다.

같은 모티프의 시 「나무 한 그루」는 나무가 우리에게 환기해주는 지혜의 언어, "푸른 언어"를 노래해주고 있다. "허공의 창문까지 열어젖혀/심호흡하고 나니/참 벗을 몰라도 한참 몰라본 죄 크구나"라며 이 시의 서두에서 나무를 '참 벗'이라 지칭하며 속죄한다. "스치는 시간이 물기 거두어 /찌들어 가면서도 /지극한 마음까지/뼈 마디마디로 손 내밀었구나./푸른 빛 거두어 /땅 아래로 구르는 잎사귀가 하는 소리/읽어내지 못한 죄 크구나"라고 다시 속죄하며 낙엽까지도 찬미한다. 그리고 이 시의 결말에 이르러서는 "너의 푸른 언어들이/을씨년스러운 바람에/한결같은 눈빛 반짝임이구나/손짓 발짓 눈짓 수화로"(시 「나무 한 그루」 전문)라고 끝매듭하며 묵언의 푸른 언어를 전언한다.

2. 영적 존재, 그 상상의 힘

임지현 시는 자연친화사상을 통한 대상에 대한 자기화를 통해 지혜의 연어를 전언한다는 특징 이외에 또 다른 특징은 다분히 종교적이고 신비주의적인 세계를 통해 초월의 언어를 탐구하고 있다는 점이다. "발돋움하는 해를 데리고 와/어둠의 밑바닥 쓸고 있는 이/누구시기에/아침 안개로/온 천지 덮어버리는가"라고 시작되는 시 「그는 누구인가」에서의 그는 자연을 주관하는 자연 그 자체일 수도 있고 조물주일 수 있는 신비의 영적인 존재이다, "아직 눈뜨지 않은 땅속 어디/고요로움 앞에/뽀얀 입김 뿜어내/가슴 뻐근하게/새날을 열어가는 이 누구인가.//고도의 키를 잡고/우주 행성이 있는 곳/틈이 보이지 않는 속도로/모르는 척/그믐밤을 불러내는 이 누구신가"(2.3연)에서의 '그 누구'는 조물주, 자연의 섭리, 자연 그 자체이다. 그러나 이 시의 4~6연의 '이 누구'는 다른 특별한 존재일 수 있다. “어디선가/낮닭 울음소리/도시 한가운데 소음과 섞여 들리고/쟁기질하는 시골 풍경/떠올리게 하는 이 누구신가.//소 고삐 나무말뚝에 매놓고/머슴이 새참 먹는 시간/두엄 지고 논두렁에 들어가/논매게 하는 이 누구신가.//유년의 논고랑을 거슬러 올라가면/아득한 밭고랑 타고 먼 하늘 저쪽/목화밭에서 목화 열매 따 먹던 /코흘리개 아이가 밭고랑 타고 내려온다”(시 「그는 누구신가」 전문) 에서의 ‘이 누구’는 시인 자신이다. 시인의 상상력이다. 이 시의 뮤즈이다. 보이지 않는 그 무엇이다. 초월적인 존재이다. 이 점이 이 시를 주목하게 한다.

시 「밝음을 위하여」에서의 “나를 적시고 가는 너/어둠이 깊어진 마음속 문을 열고/날마다 어둠의 덩어리를 만지작거린다./밝음의 문을 닫았다 열어 보면/닫힌 슬픔의 문까지 열려져서/이 환한 봄날/자물쇠를 다시 채운다”(서두 부분)에서의 ‘너’가 여명, 새벽의 밝음인 것처럼 자연이다.

①피보다 진한 오기.
엄동설한풍 마다 않고
망울망울 꽃 피워내는

저 고집불통,
아니, 그건 순명이다.
진하디 진하게 키워주신
십자가의 피 흘리심이다.
-시 「동백꽃」 전문

②출렁다리 건너
법륜사는
영생을 꿈꾸는
목탁을 친다.
마음 한 곳 모으기도
힘든 우리는
오두산을 끼고 도는 물줄기로
설법에 흘러든다.
두 손 모아
부처님의 내려뜬 눈빛 속으로
그윽이 젖어들면
백팔번뇌 말갛게 씻어지는가,
우리 모두는....
-시 「감악산 출렁다리」 전문

위에 제시한 두 편의 시 「동백꽃」과 「감악산 출렁다리」는 다분히 종교적이다. ①은 '십자가의 피흘림'이라는 동백꽃에 대한 은유의 표현구조로 인해 기독교적인데 반해 ②의 시는 법륜사, 목탁, 백팔번뇌가 의미하는 바에 따라 다분히 불교적이다. "오두산을 끼고 도는 물줄기"를 설법으로 인식하고, "부처님의 내려뜬 눈빛 속으로/그윽이 젖어들면/백팔번뇌 말갛게 씻어"진다는 인식은 불교시로서의 변모를 지닌다.

이런 맥락의 불교시라 지칭할 수 있는 시는 「에메랄드 사원」, 「백팔 염주」와 「말 걸어오는 빛」 등이다. 이 시들 중에 「에메랄드 사원」을 보자.

차로프라야 강 고기떼들이 황토 물에서 퍼덕이며
가짜 보석으로 꾸민 에메랄드 사원 불경 소리에 섞인다.
어둠을 꺼낸 구석마다 목련나무 잎새로 피어 밝음을 일구는 일이
목 부러진 부처의 가슴과 함께 나의 번민을 엮는다.
가파른 사유로 번져오는 예불. 살아온 만큼의 번뇌로
가라앉고 깨달음과 어리석음이 사원 한복판을 질러
불탑 사리 안에 멈춘다.
간절한 소원 모아 큰절 올리면 겉만 핥던 나의 뉘우침이
반나절 꽃이 되어 피어난다.

- 시 「에메랄드 사원」 전문

위의 시는 태국의 방콕 도심을 흐르는 차로프라야 강과 에메랄드 사원의 여행을 통해 얻은 기행시이다. 이 여행에서 시인은 "목 부러진 부처의 가슴"에서 시인 자신의 번민, "살아온 만큼의 번뇌"를 인식하고, 불탑 사리 안의 깨달음과 어리석음을 인식하고 "간절한 소원 모아 큰절 올리면 겉만 핥던 나의 뉘우침이/반나절 꽃이 되어 피어"남을 인식한다. 이 또한 작은 깨달음의 결과일 것이다. 여기에서의 깨달음이란 시 「백팔 염주」에서 보여주고 있는 '하얀 재'의 표상물이다. "108개의 죄와 108개의 뉘우침/한 알씩 세면서 엎드린다./목탁 칠 때마다/마음속 끓고 있던 잡념들까지/향불로 피어오르고/모든 허물 찌꺼기까지/무릎이 닳도록 /하얀 재로 사루는 지금"(시 「백팔 염주」 전문)에서의 '하얀 재'이다. 이 시에서 다비식의 결과물인 하얀 재가 표상하고 있는 것은 열반 혹은 입적, 깨달음의 세계, 그리고 사리과 같은 의미와 등가치이다. 이렇게 이 시의 '하얀 재'가 표상하고 있는 실체를 가늠해 볼 때 임지현 시인은 불교시인으로서의 면모를 지니고 있다. 특히 시 「말 걸어오는 빛」은 불교시의 정수를 보여준다, "(…)어둠까지 빛나 보이는/무량수전으로 잠드는 밤에는/여러 갈래 생각들이/골짜기 깊은 곳으로 빠져든다./묵언과 묵언 사이 빗장을 열어/마음의 집착까지 드러낸 지상은/코로나바이러스로 저물어가고/눈부시게 떠오르는 햇살을 받아 안을 것이다"(시 「말 걸어오는 빛」 후반부)에서 "묵언과 묵언 사이 빗장을 열"고 들어오는 햇살 이 말을 걸어오는 그것, 그 빛은 지혜의 언어이고 불교의 언어, 깨달음의 언어라는 점에서 그러하다.

3. 시인이라는 존재, 그 생명성

궁극적으로 시인이 탐색하려는 세계는 깨달음의 세계이다. 비록 부실해져 가는 몸이라 해도 의식 혹은 정신을 추스르는 것은 이를 실현하기 위하는 것이다, 이를 통해 자아 정체성은 물론이고 인간과 삶의 본체를 명증하게 해명하므로서 한마디 지혜의 언어라도 남기려 하는 것이 시인일 것이다. 임지현 시인의 경우에도 다르지 않을 것이다.

시인은 시 「관절」에서 이렇게 노래한다. "사는 건지 죽어가는 건지/성한 곳 하나 없이 부실해진 몸,/젊을 때는/젊음이 좋은 줄 모르고/뒤돌아볼 겨를 없이/숨찬 나날이었지.//이제 /삭신만 쳐져/주변의 짐이 되지 말자고/틈날 때마다 다짐한다.//내 일을 내가 감당해내는/당찬 정신 가다듬어/새벽운동 나서지만/관절 마디마디에 무게가 실린다”(시 「관절」 전문) 고. 관절에 그동안의 삶의 무게를 얹고 살았던 일상을 노래한다. 그리고 그 관절 수술의 체험을 이렇게 노래한다. “삶을 그만 갈무리할까./꺾임을 겪어보지 않았으면 /함부로 입을 열지 마라.//24시간 동안 죽음보다 못하게 /흰 가운 입은 이가 무통 바늘을 소독하는 사이/세포들이 일제히 들고/일어난다.//메스로 뼈 생김대로 선을 그어 쪼개고/낭자한 혈액을 쏟아내는 찰나/염증과 악성 고름을 소독하여 /바늘과 실로 꿰맞춘다.//환한 날들을 눕혀놓고/다시 수혈하는 동안 /네 발 꽁꽁 묶이고 보니/관 속의 송장이 따로 없다”(시 「무릎 수술」 전문)고 담담하게 노래한다. 그리고 이 시 「무릎 수술」의 체험이 있을 때마다, 또는 위의 시어 ‘관속의 송장’임을 의식할 때마다 시인은 시를 찾을 것이다. 무너지는 몸과는 다르게 또렷해지는 정신세계를 찾을 것이다. 그래서 시 「친구」를 노래할 것이다.

시가 내 안에 있는 것인지
내가 시 안에 있는 것인지

함께 있는 동안은
빈 구석 없이 차 있는 것 같아
시와 떨어져 있으면
너무 허전할 것 같다.

그를 벗어나면
너무 초라하게 작아져서
그지없이 내가 싫어진다.

수만 가지로 일어나는 미묘한 느낌들
잠재된 무의식의 세계
수많은 사유의 파동 치는 너울
없어서는 아니 될
참 친구로구나.
-시 「친구」 전문

시와 친구 되는 기쁨은 위의 시처럼, 시가 시인 안에 있고, 시인이 시 안에 있는 느낌은 위 시 「친구」의 3연에서처럼 "수만 가지로 일어나는 미묘한 느낌들/잠재된 무의식의 세계/수많은 사유의 파동 치는 너울"을 느끼게 될 것이다. 그 미묘한 느낌과 수많은 너울은 시에서는 윤율로 나타나고 이미지로 의미화된다. 그

것은 시인조차도 알 수 없는 내면 깊숙이에 잠재되어 있는 그 무엇, 무의식의 세계, 그것이 시로서 형상화되는 것이다. 그것을 임지현 시인은 '참 친구'라고 지칭한다. 친구인 시로부터 벗어나면 허전하고 초라함을 느끼는 것은 시라는 존재가 시인에게 있어서는 벅찬 존재이고 큰 존재이기 때문이라고 시 「친구」에서는 인식하고 있다.

그러나 임지현 시인에게 있어서 시라는 존재는 이 담론의 서두에서 언급한 '시인의 말'에서처럼 연둣빛 세상이 아지랑이 계곡마다 진을 치고, 달과 별이 잎사귀 사이로 촘촘히 박히는 푸른 세상이 있기 때문이며 그 세상은 햇살과 바람의 입술로 창조된 신비로운 세상임을 시를 자연친화 인식으로 느낄 수 있기 때문일 것이다. 그것을 색채 이미지로 표현한다는 그것은 녹색일 것이다, 그 녹색은 곧 생명일 것이다. 그런 점에서 임지현 시인은 녹색 시인 혹은 생명의 시인이다.□

남기고 싶은 말

시와함께(Along with Poetry) 시인선 027

임지현 시집

민달팽이

발 행 2023년 05월 10일

지은이 임지현

펴낸이 양소망

펴낸곳 도서출판 넓은마루

주 소 (03132) 서울특별시 종로구 삼일대로 30길21, 410호(낙원동, 종로오피스텔)

전 화 02-747-9897, 010-7513-8838

이메일 withpoem9@dauml.net

출판등록 제2019호-000100호

인쇄 · 제본 (주)지엔피링크

ISBN 979-11-90962-31-5(04810) 979-11-90962-04-9 (세트)

값 12,000원